ようこそ「恐怖《きょうふ》の放課後《ほうかご》」へ。
だれもいなくなった放課後《ほうかご》。
それは悪魔《あくま》が目を覚《さ》まし、
怨霊《おんりょう》たちがうごき始《はじ》める時間。
静《しず》まり返《かえ》った学校にも、あたたかな家庭《かてい》にも、
そして、きみのすぐうしろにも、
やつらはそっとしのびよってくるのです。
さあ、それではいっしょに行きましょう。
身《み》の毛もよだつ、放課後《ほうかご》の世界《せかい》へ……。

おばけにもあいさつをきちんとしよう

目《もく》次《じ》

死神《しにがみ》から買ったゲームソフト

　バキッと音がした……。

「なんだこの定規《じょうぎ》。安物《やすもの》だな。かんたんにおれちゃったよ」

弘太《こうた》だった。真人《まさと》の定規《じょうぎ》をかってに使《つか》って、その上、それをおってしまったのだ。この弘太《こうた》は、何かにつけて真人《まさと》にいじわるをする。この前も、給食《きゅうしょく》のおかずの中に、わざと牛乳《ぎゅうにゅう》をこぼした。その前には信也《しんや》のメガネだとわかっていて、落《お》とし物箱《ものばこ》の底《そこ》にかくした。だから、真人《まさと》は毎

日があまり楽しくない。

そんな真人《まさと》だったが、その日は朝から上きげんだった。テレビゲームのソフトが安《やす》く買える店を見つけたからだ。友だちの少ない真人《まさと》は、テレビゲームが大好《だいす》きだった。

学校帰りの道で、一本の電柱《でんちゅう》にその店の広告《こうこく》がはってあった。真人《まさと》はこっそり、その広告《こうこく》をはがし、ランドセルの中にしまい込《こ》んでいた。

「あっ、ここだ。……それにしても、こんなところにこんな店があったかなあ」

少しふしぎな気もしたが、今の真人《まさと》にそんなことはどうでもよかった。

それにしてもふつうのゲームソフトの店とは、ずいぶん感《かん》じがちがう。

へんなおじさん……
100
100
大安売り
GAME
SOFT

間口《まぐち》がせまく、たてに細長い店。開《あ》けっ放《ぱな》しの入り口から、中に入ってみた。店の奥《おく》に、うすきみ悪《わる》い人形が立っている。

「何だか、へんな店だな。それにしても知らないソフトばっかりだ」

真人《まさと》は、興味《きょうみ》たっぷりにショーケースの中をのぞきこんでいた。

「いらっしゃい」

急《きゅう》に声をかけられて、ビクッと顔を上げた。店の主人《しゅじん》だろうか。ずいぶん小柄《こがら》だ。

「ふむ、きみは毎日ずいぶんといやな思いをしているようだね。いや、わたしにはわかるんだ。だったら、このソフトがおもしろいよ。まあ、だまされたと思ってやってみなさい」

おかしなことを言う人だなとは思いながら、パッケージを見る。『にくいあいつをやっつけろ！』そんなタイトルが、今の真人《まさと》の気分にぴったりだった。

「安《やす》くしとくよ。二百円」

「に、二百円⁉」

その安《やす》さにはびっくり。けれど、安《やす》いにこしたことはない。真人《まさと》はうれしさをかみ殺《ころ》すようにして、そのソフトを買い求《もと》めた。店の主人《しゅじん》は真人《まさと》に背中《せなか》を向《む》けてニヤッと笑《わら》った。

飛《と》ぶようにして家へ帰った真人《まさと》は、さっそく、今買ってきたばかりのゲームを始《はじ》めた。

「ふーん、こいつが敵《てき》か。あんまり迫力《はくりょく》ないなあ」

そう思って始《はじ》めたゲームだったが、進《すす》めていくうちに、だんだん面白《おもしろ》くなってきた。思い通りに、にくい敵《てき》をバッタバッタとやっつけられるのだ。〃三十分以内《いない》〃と決《き》められているゲームの時間だったが、どうにもやめられなくなった。母は用事《ようじ》で出かけて、家にはいない。それを幸《さいわ》いに、一時間、一時間半とゲームを続《つづ》ける。とうとう、頭が痛《いた》くなってきた。それも、はんぱな痛《いた》さじゃない。割《わ》れるような痛《いた》さだ。

「ふうっ、いくらなんでもちょっとやり過《す》ぎか。……それにしても、頭が痛《いた》い」

その頭の痛《いた》みは、どんどん強くなっていく。食事《しょくじ》もできず、早い時刻《じこく》

にベッドへたおれこんだ真人《まさと》は、その夜、はげしくうなされた。夢《ゆめ》の中にぶきみな男が現《あらわ》れて、「そのゲームを、お前がやってはいけない」と、真人《まさと》をおどすのだ。

よく朝、目が覚《さ》めても頭の痛《いた》みはとれない。その日、真人《まさと》は学校を休んだ。

真人《まさと》の家は、両親共《りょうしんとも》かせぎ。だから、昼間《ひるま》は真人《まさと》一人が家にいる。十時近くになるころ、だいぶ、頭もスッキリしてきた。こうなると、どうしてもテレビゲームが気になってしかたない。「ちょっとだけ」と、自分に言い聞かせ、真人《まさと》は昨日《きのう》の続《つづ》きを始《はじ》めた。するとゲームを始《はじ》めて十五分もしないうちに、今度《こんど》はひどい腹痛《ふくつう》におそわれた。

「いたたた。ど、どうしたっていうんだ、いったい」

次《つぎ》のしゅんかん、真人《まさと》の口から、まっ赤な液体《えきたい》がふき出た。血《ち》をはいたのだ。

「お、おかあさん、帰ってきて……」

やっとのことで、真人《まさと》は母のつとめ先に電話をかけた。受話器《じゅわき》を置《お》くと、なぜか急《きゅう》に意識《いしき》がぼんやりとなって、真人《まさと》はまぼろしを見た。昨日《きのう》の夢《ゆめ》に出てきたあのぶきみな男がまたも現《あらわ》れて、こう言ったのだ。

【お前がやってはいけない。今度《こんど》やったら、お前を連《つ》れて行かなくてはならない……】

(死神《しにがみ》?)真人《まさと》の頭の中に、一瞬《いっしゅん》そんなことばがうかんだ。

けっきょく真人《まさと》は病院《びょういん》へ運《はこ》ばれた後、医者《いしゃ》から「家で安静《あんせい》に過《す》ごすように」と言われてしまった。

そんなある日の午後《ごご》、玄関《げんかん》のチャイムが鳴った。「だれだろう」と、ドアを開《あ》けると、そこにはなんと、弘太《こうた》がいた。

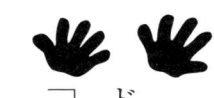

「おう、どうだい。元気になるように、みまいに来てやったぞ」

そう言って、ずかずかとあがりこみ、家にあったお菓子《かし》をかってに食べ始《はじ》めた。

（ちぇっ、何が『みまいに来てやった』だよ。まったく、どこまでいやなやつなんだ）

真人《まさと》がそう心の中でつぶやいたそのとき、弘太《こうた》の目が、テレビゲームに向《む》いた。

「おっ、何だこのソフト。見たことねえな。これ、ちょっと貸《か》してくれ

よ」

あのソフトだ。そのとき、真人《まさと》の頭の中で声がした。

【貸《か》してやれ。貸《か》してやれ】

「あ、ああいいよ。そのソフト、けっこう楽しいんだ」

頭の中の声にうながされ、真人《まさと》は〝あのソフト〟を、弘太《こうた》に貸《か》した。

次《つぎ》の日、弘太《こうた》が学校を休んだ。真人《まさと》は「まさか」と思いながら、下校のとちゅうに、弘太《こうた》の家へ行ってみた。するとそこには白い救急車《きゅうきゅうしゃ》が止まっている。

（もしかして、弘太《こうた》が……）

そのとき、真人《まさと》は見た。玄関《げんかん》にぶきみな姿《すがた》をした半透明《はんとうめい》の男が立って

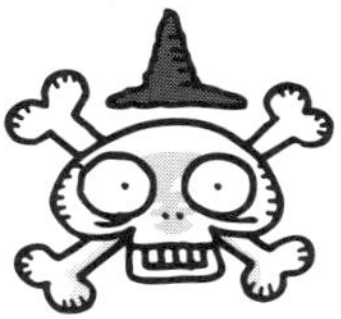

いるのを。

（どこかで見た……、あっ！）

真人《まさと》は思い出した。それが、夢《ゆめ》の中に出てきた男であることを。そして、あの店の奥《おく》に立っていた、うすきみ悪《わる》い人形であることを。真人《まさと》が体をかたくして見つめていると、半透明《はんとうめい》の男は、ゆっくりと真人《まさと》に近づき、こう言った。

【ちゃんと説明書《せつめいしょ》を読んでからソフトを使《つか》え。あのソフトは、こうやって使《つか》うものなんだよ】

それきり、弘太《こうた》が学校へ戻《もど》ってくることはなかった。

トイレの壁《かべ》にうかぶ顔

綾《あや》が通っている小学校の校舎《こうしゃ》はかなり古い。あちこちに、ガタがきている。

「ねえ、またちゃんと閉《し》まらなくなってるのよ、あのトイレ」

女子たちが、こんな文句《もんく》を言っている。四年生の女子トイレ。その奥《おく》から二番目のトイレのドアは、時々調子《ちょうし》が悪《わる》くなる。これまでに何度《なんど》も修理《しゅうり》をしているのだが……。

「習字《しゅうじ》の作品展《てん》で、木下《きのした》さんの作品が、優秀賞《ゆうしゅうしょう》を受賞《じゅしょう》しました」

先生の声に、はく手が起《お》こる。木下綾《きのしたあや》。おとなしく、目立たない女の子だ。

「何よ、あいつ。習字《しゅうじ》の賞《しょう》をもらったくらいで、にこにこしちゃって」

「ねえ、ちょっとビビらせてやらない？」

休み時間に、優衣《ゆい》たち四人グループが集《あつ》まって、そんなヒソヒソ話をしていた。
その日の放課後《ほうかご》の事《こと》だった。珍《めずら》しいことに、優衣《ゆい》が綾《あや》に話しかけた。
その後ろには、優香《ゆうか》、怜奈《れいな》、真帆《まほ》の三人もいる。

「ねえ、綾《あや》。あたしたち今度《こんど》、学級新聞《がっきゅうしんぶん》であのトイレのことを特集《とくしゅう》しようと思ってるの。だけど、へんなうわさがあるでしょう? だから、あたしたち、こわくて近づけないの。そこで、勇気《ゆうき》があって、人気者《にんきもの》の綾《あや》に協力《きょうりょく》してもらおうってことになったのよ」

優衣《ゆい》のいつもとちがうねこなで声に、三人が声を殺《ころ》して笑《わら》っている。

「放課後《ほうかご》のあのトイレのようす、見てきてくれない?」

「そんなの無理《むり》よ。あたしだってこわいもん」

綾《あや》が片手《かたて》をふってことわったとたん、優衣《ゆい》の口調《くちょう》がグッときつくなった。

「何でよ。他《ほか》の人の頼《たの》みは、何でも聞いてるじゃない。絵美《えみ》のかわりに

いじめはやめるんだぞ〜〜〜〜

ゴミすてに行ったり、体育係《たいいくがかり》の仕事《しごと》を手伝《てつだ》ったり。なんであたしたちの頼《たの》みだけが聞けないわけ？」

優衣《ゆい》の言葉《ことば》に合わせて、後ろから「そうよねえ」「いいじゃん、それくらい」といった声がする。少したってから、綾《あや》はポツリとつぶやいた。

「わかった。ようす、見てくる」

しかたなくトイレのようすを見に行く綾《あや》。そのあとをこっそりつけていく四人組。

「行った、行った。バカじゃないの。本当に行くなんて」

クスクスとしのび笑《わら》い。やがて、四年生の女子トイレに、こわごわ綾《あや》が入っていった。ところが、間もなく何事《なにごと》もなかったような顔をして、綾《あや》がトイレから出てきた。

「別《べつ》に何でもなかったよ。やっぱり、ただのうわさなんだね」

あっけらかんと言い放《はな》つ綾《あや》に、四人は声もなかった。

「なーんか、つまんなかったなあ。もっとこわがってもらわなくちゃ」

綾《あや》が帰った後、真帆《まほ》がひょうしぬけしたように言う。すると、優衣《ゆい》の口元がニヤッと笑《わら》った。

「これで終《お》わりなわけないじゃん。明日は、もっと面白《おもしろ》いことになるんだから」

次《つぎ》の日、綾《あや》は日直《にっちょく》だった。放課後《ほうかご》、最後《さいご》まで教室に残《のこ》って机《つくえ》の整《せい》とんをしている。

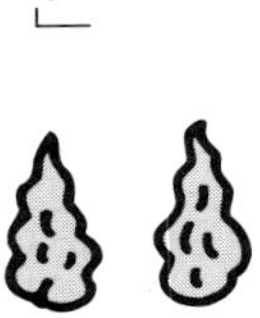

「あらあ綾《あや》、まだ日直《にっちょく》の仕事《しごと》やってたの？」

　わざとらしいセリフをはいて、優衣《ゆい》たちが教室へ入ってくる。

「うん、でももうすぐ終《お》わり。優衣《ゆい》たちはどうしたの？」

「それがね……。昨日《きのう》、綾《あや》があのトイレを調《しら》べてくれて、『ただのうわさ』ってわかったでしょう？　だからあたし、ためしに入ってみたの。でもね、うっかり中にティッシュを置《お》いて来ちゃったのよ。だけど取《と》りに行ったら、どういうわけか閉《し》めたはずのドアが開《あ》いてるの。もう、こわくって。だから、綾《あや》に取《と》ってきてもらえないかと思ってさ」

　そう言って優香《ゆうか》と顔を見合わせ、目で笑《わら》った。

「あたし、とっても大切にしてるのよ、あのティッシュケース。お願《ねが》い、

取《と》ってきて！」

優衣《ゆい》が顔の前で手を合わせる。綾《あや》はあまりためらいもせずに言った。

「いいよ、取《と》ってきてあげる。でもね、あのトイレ、本当に何でもないんだよ」

そう言って教室を出る綾《あや》。その背中《せなか》で、優衣《ゆい》と優香《ゆうか》が声をひそめて言った。

「しっかり見ておこうよ。あいつが、腰《こし》をぬかしてヒイヒイいうところをさ」

トイレにたどり着《つ》いた綾《あや》が、まっすぐに〝あのトイレ〟に近づき、ドアを開《あ》ける。

「えーっと、ティッシュケースは……。あれえ、ないなあ」

その様子《ようす》を入り口のかげから見ていた二人は、顔を見合わせた。

「うそっ！　中に怜奈《れいな》と真帆《まほ》が入ってるはずなのに……」

そう、四人は綾《あや》をおどかす計画《けいかく》を立てたのだ。トイレの中に二人が入り、ワッと飛《と》び出して、綾《あや》の腰《こし》をぬかしてやろうという計画《けいかく》だ。ところが、ドアを開《あ》けた綾《あや》がおどろいている様子《ようす》はない。怜奈《れいな》たちも現《あらわ》れない。

あっけに取《と》られている優衣《ゆい》たちの前に綾《あや》が戻《もど》ってくる。

「ティッシュケースなんて、なかったよ。だれかに持《も》っていかれちゃったのかなあ」

綾《あや》がちょっと首をかしげて、その場を去《さ》った。

（そんなはずはない……）急《いそ》いでトイレに入る優衣《ゆい》と優香《ゆうか》。〝あのトイレ〟はドアが開《あ》いている。中にはだれもいない。

二人がトイレの中をのぞきこんだそのとたん、すごい勢《いきお》いでドアが閉《し》まった。

「キャーッ！」

二人は中へはじき飛《と》ばされ、それきりドアは開《あ》かなくなった。二人の

悲鳴《ひめい》に気づいたのは、綾《あや》だった。走ってトイレに戻《もど》る。
「どうしたの？　あれっ、開《あ》かないや。ちょっと待《ま》ってて。先生を呼《よ》んでくるから」
やがて、綾《あや》と一緒《いっしょ》に、何人かの先生たちがやってきた。
「ここか。閉《と》じこめられたっていうのは。お〜い、中にいるのかァ」

返事《へんじ》はない。先生がノブに手をかけると、ドアは何事《なにごと》もなかったかのように、すんなりと開《あ》いた。中にはだれもいない。けれど、中をのぞきこんだ先生はハッと息《いき》をのんだ。トイレのかべにどす黒い四つのシミ。よく見るとそのシミは、優衣《ゆい》たち四人の顔にそっくりなシミだった。苦《くる》しそうにもがくその四つのシミは、恐怖《きょうふ》にゆがんでいた。

あとで、綾《あや》がおばあちゃんに聞いた話である。

《ずっと昔《むかし》、この学校で、いじめられたのを苦《く》にして死《し》んでしまった子がいた。その子の霊《れい》が今でも校舎《こうしゃ》のどこかにさまよっていて、いじめられている子を助《たす》けている》

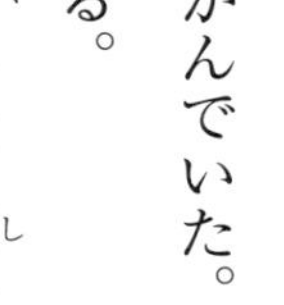

優衣《ゆい》たちは、行方不明《ゆくえふめい》ということで、今でも捜査《そうさ》が続《つづ》いている。

恐怖《きょうふ》の手形

わたしの足もとに、ボールがころがってきた。かわいいピンクのボール。

「あら、だれの？」

わたしが顔をあげると、二年生くらいの女の子が立っていた。

「あなたのね。はい」

ボールをひろい上げて差《さ》し出すと、女の子はニッコリわらって、それ

を受《う》け取《と》った。

「ただいま〜！」

返事《へんじ》がない。そうか、おかあさんは今日、中学時代のクラス会なんだ。帰りがおそくなるって言ってたっけ。

わたしはおやつのクッキーをつまんで、それから宿題《しゅくだい》にとりかかる。

「おうっ、ただいま。あー、つかれた」

中学二年のお兄ちゃんが、ぐったりした顔で帰ってきた。サッカー部《ぶ》の練習《れんしゅう》がかなりキツイらしい。おやつ代《が》わりのカップラーメンを食べると、自分の部屋《へや》へ行き、さっさと寝《ね》てしまった。

時刻《じこく》はもう七時。わたしは、れいとう食品のスパゲティをレンジでチンする。これが今夜の夕食だ。まあ、たまにはしかたないか。

食事《しょくじ》が終《お》わると、あとはもうのんびり。リビングのテレビで、バラエティ番組をみて、ゲラゲラ笑《わら》ってた。すると電話が鳴った。

「あ、おかあさん？ うん、わかった。あと一時間くらいね」

もうすぐおかあさんが帰ってくる。（何かおみやげ、あるかな？ シュークリームだといいな。うーん、ロールケーキかも）わたしは、かってにおみやげを想像《そうぞう》してた。

おふろに入り、ホットミルクをのむ。これって、いつもの習慣《しゅうかん》なんだ。

……と、とつぜん、窓《まど》ガラスが、ガタンと音をたてた。

「なんだろう、今の音」

そっとカーテンを開《あ》ける。

「ヒッ！」

わたしは、しんぞうが口から飛《と》び出るくらいおどろいた。窓《まど》の外に、一人の女の子が立っている。うす暗《ぐら》くてよくわからないけれど、たぶん小学校の低学年《ていがくねん》。

「な、なによ、この子。こんな時間に人んちの庭《にわ》に入ったりして」

わたしは窓《まど》を開《あ》けて、もんくを言ってやろうとした。すると、その子がいきなり窓《まど》ガラスをバンバンたたきはじめる。

「ちょっと、やめなさいよ！」

わたしは、こわい顔をして女の子をにらみつけた。けれどその子はニコニコしたまま。

「ねえ、あんたいいかげんにしなさいよ！」

ガラッと窓《まど》を開《あ》ける。するとその子は音もなく、すうっと消《き》えた。

「え、……どこへ行ったの？」

わたしが窓《まど》から首を出そうとしたその時、おかあさんが帰ってきた。

「ごめんね、おそくなっちゃって。ごはんはちゃんと……」

そこまで言って、おかあさんはあきれたような顔になった。

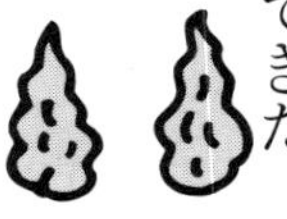

「なによ、このベタベタの手のあとは。何やってたの？　ちゃんとふいておきなさい」

「むりよ。だってこの手形、外からつけられたんだもん。さっきね、女の子が……」

「うそつくんじゃないの」

わたしのことばを、はさみみたいにチョキンとちょんぎって、おかあさんは言った。

「これ、内がわについてるじゃない。ほら」

おかあさんは、ティッシュをひとつつまみして、ガラスをふいた。するとその手形は消《き》えてなくなった。

「う、うそ……」

わたしの全身《ぜんしん》に、ゾゾッと冷《つめ》たいものが走った。

「いねむりでもしてたんじゃないの？　おふろ入ったんでしょ。だったらもうねなさい」

時計を見ると、いつの間にか十時を過《す》ぎている。わたしは、きつねにつままれたような気持《きも》ちのまま、自分の部屋《へや》へ上がった。

「気のせいだったのかなあ。でも、たしかに手形が窓《まど》の内がわについてたし」

そうブツブツつぶやきながら、わたしは何気なく部屋《へや》の窓《まど》を見た。

「な、なによ、これ！」

ベッドの横《よこ》の窓《まど》ガラスに、ピタッ、ピタッと手形がついていく。そして窓《まど》の一番上まで行くと、もうそれ以上《いじょう》はふえなかった。

「うそ。うそよね、こんなこと」

わたしは、ティッシュを一枚《まい》引き出し、おそるおそる窓《まど》ガラスをふいてみる。スーッと手形が消《き》えた。

「う、内がわについてる……」

ピタッと、かすかな音がして、わたしはうしろをふり向《む》いた。そこにあるのは大きな鏡《かがみ》。そしてその鏡《かがみ》にも、小さな手形がついていく。ピタッ、ピタッ……。

（なにかいる。この部屋《へや》に何かがいる）

わたしはタオルをつかんで、鏡《かがみ》の手形をふきとった。二度《にど》とあらわれないように、力をこめてふきとった。

おふろに入ってもおちないわよぉ〜

「ふうっ、これだけふけば……」

と、鏡《かがみ》を見たわたしは、後ろを向《む》くことができなくなった。その鏡《かがみ》には、〝あの子〟がうつっていたのだ。

【……ふかないで。あたし、ずっとここにいたいの】

思い出した。この子は、昼間《ひるま》、ボールをひろってあげた女の子だ。

【ねえ、いいでしょう？　おねえちゃんと、お友だちになりたいの】

そう言って女の子は、ニヤッとわらう。それと同時《どうじ》に、わたしの体を

何かがはい上がってくるのを感《かん》じた。もう一度《いちど》鏡《かがみ》を見たわたしは、恐怖《きょうふ》のどん底《ぞこ》にたたき落《お》とされた。わたしの首から顔に、ゆっくりと赤い手形がついていく。ピタッ、ピタッと……。

コンピュータの中の悪魔《あくま》

直樹《なおき》は、パソコンおたくの五年生。ひまさえあればパソコンの前にいるほどだ。

「あっ、しまった。わすれもの、してきちゃった。しかたない、学校へ取《と》りに行くか」

明日提出《ていしゅつ》の宿題《しゅくだい》を、教室の机《つくえ》の中へ置《お》いてきてしまったのだ。時刻《じこく》はもう五時近くになっていたが、学校の門はまだ閉《し》まっていないはずだ。

直樹《なおき》は自転車《じてんしゃ》を飛《と》ばした。

「おっ、開《あ》いてる、開《あ》いてる」

思った通り、しょうこう口にカギはかかっていなかった。直樹《なおき》は、だれにも見つからないように、そっとしょうこう口から校舎《こうしゃ》へ入りこんだ。ゆっくりと階段《かいだん》を上がる。直樹《なおき》の教室、四年二組は三階《かい》にある。だれもいない校舎《こうしゃ》は、夜でなくてもなんとなくぶきみだ。

「あれっ、おかしいな」

直樹《なおき》の目に飛《と》びこんできたのは、コンピュータ室の入り口だ。いつもなら、授業《じゅぎょう》で使った後は必《かなら》ず閉《し》まっているはずの入り口が開《あ》いている。

〝パソコンおたく〟の血《ち》がさわぐ。足音をしのばせてコンピュータ室に近づいた。そして、おそるおそる中をのぞきこむ。だれもいない。先生が、カギを閉《し》め忘《わす》れたのだろうか。

ゆっくりと中に入っていく。と、直樹《なおき》は立ち上がったままになっている一台のパソコンに気がついた。

「しょうがないなあ。シャットダウンしないで帰ったヤツがいるんだな」

そっとマウスを動《うご》かす。すると、いきなりメールソフトが立ち上がった。

「へへっ、面白《おもしろ》そうだぞ。ためしにちょっと打《う》ってみるかな。ええと……」

直樹《なおき》は、自分の家にメールを打《う》ってみることにした。自分の家になら、だれにもめいわくをかけないだろうし、万が一、あとでばれたとしても、何とかいいわけができる。

《おめでとうございます。当社のキャンペーンで、100万円が当たりました。一週間以内《しゅうかんいない》におとどけいたしますので、どうぞお楽しみに》

家のだれかがこのメールを見たらどんな顔をするだろう。直樹《なおき》はクスッと笑《わら》った。先生に見つかる前に、急《いそ》いでシャットダウンして、そっと席《せき》を立つ。そして自分の教室へ行き、わすれものをした総合《そうごう》のレポートを持《も》って、学校を出た。

家に帰った直樹《なおき》は、落《お》ち着《つ》かなかった。胸《むね》がワクワクしてしかたないのだ。

六時を過《す》ぎた。母は夕食のしたくに忙《いそが》しい。妹の理菜《りな》は、ピアノ教室のバッグをキッチンに置《お》きっぱなし。居間《いま》でのんびりテレビを観《み》ている。この二人はどうも期待《きたい》できそうもない。父も帰りがおそいらしいし……。そう思うと直樹《なおき》は待《ま》ちきれない気分になった。

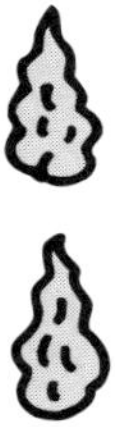

「やれやれ、自分で打《う》ったメールを自分で開《あ》けるなんて、なさけない」

ブツブツと文句《もんく》を言いながら、パソコンのある二階《かい》に上がる。パソコンを立ち上げると、たしかに学校のアドレスから、メールがとどいていた。しかし文面《ぶんめん》が、直樹《なおき》の打《う》ったものとは、まるでちがうのだ。声に出して読《よ》んでみる。

【お前はわれわれ〃悪魔《あくま》の時間〃にあの部屋へ入った。うんと恐怖《きょうふ》を味《あじ》わうがいい】

その時、下から自転車《じてんしゃ》の急《きゅう》ブレーキのような悲鳴《ひめい》が聞こえてきた。母の声だ。

「どうしたの、おかあさ……」

そこまで言ったとき、となりで理菜《りな》も悲鳴《ひめい》をあげた。ぼうぜんと立ちつくす母。口に手を当てたまま、こおりついたように動《うご》かない理菜《りな》。二人の視線《しせん》をたどってみる。

「な、なんだ、これ……」

水道のじゃ口から、まっ赤な水が流《なが》れ出て、あちこちに赤いシミをつくっていた。

「血《ち》だ。これ、血《ち》だよ、おかあさん！」

直樹《なおき》が、勇気《ゆうき》をふるい起《お》こして流《なが》しに近づき、水道のじゃ口を思い切りしめる。

「いったい、何なんだ。どういうことなんだ」

そんな直樹《なおき》のつぶやきと、理菜《りな》の二度目《どめ》の悲鳴《ひめい》が、ぴったり重《かさ》なった。

理菜《りな》のピアノのバッグから、見たこともない大きな虫がゾロゾロとはいだしてきたのだ。

「ええい、あっち行け！」

直樹《なおき》は、足もとにあったスリッパをひろいあげ、モゾモゾと近寄《ちかよ》ってくる〝虫たち〟をはらいのけた。けれど、きりがない。いくらはらいのけても、〝虫たち〟はすぐに起《お》きあがり、また三人にせまってくる。そればかりか、理菜《りな》のバッグからは、まだ新しい〝虫たち〟がはい出てくる。あっという間に、キッチンの床《ゆか》は、〝虫たち〟でいっぱいになった。

「くそうっ、どうすれば……。はっ、もしかしたら……。おかあさん、理菜《りな》、二階《かい》へ上がって！」

直樹《なおき》の言葉《ことば》に、二人はどうにか二階《かい》へかけ上がった。直樹《なおき》も、その後に続《つづ》く。

直樹《なおき》は祈《いの》りにもにた気持《きも》ちをこめて、さっき立ち上げたままにしてあ

ったパソコンに向《む》かった。階段《かいだん》でゴソゴソと音がする。〃虫たち〃がはい上がってきているに違《ちが》いなかった。直樹《なおき》がけんめいにキーボードをたたく。思った通り〃虫たち〃は、階段《かいだん》を上ってきた。

「くっそう、ええい、これでどうだ！」

直樹《なおき》は、こんな文面《ぶんめん》を打《う》ちこんで、「返信《へんしん》」をクリックした。

《悪魔《あくま》は消《き》え去《さ》れ。パソコンの中から消《き》えてなくなれ！》

次《つぎ》のしゅんかん、すぐ足下まで迫《せま》っていた〃虫たち〃が、フッと姿《すがた》を消《け》した。そっと階段《かいだん》をおりてみる。キッチンにも〃虫たち〃は、いなかった。そして、あちこちに飛《と》び散《ち》っていた血《ち》のあとも、もうどこにもなかった。何もかもが、何事《なにごと》もなかったように、元通りにもどった。はり

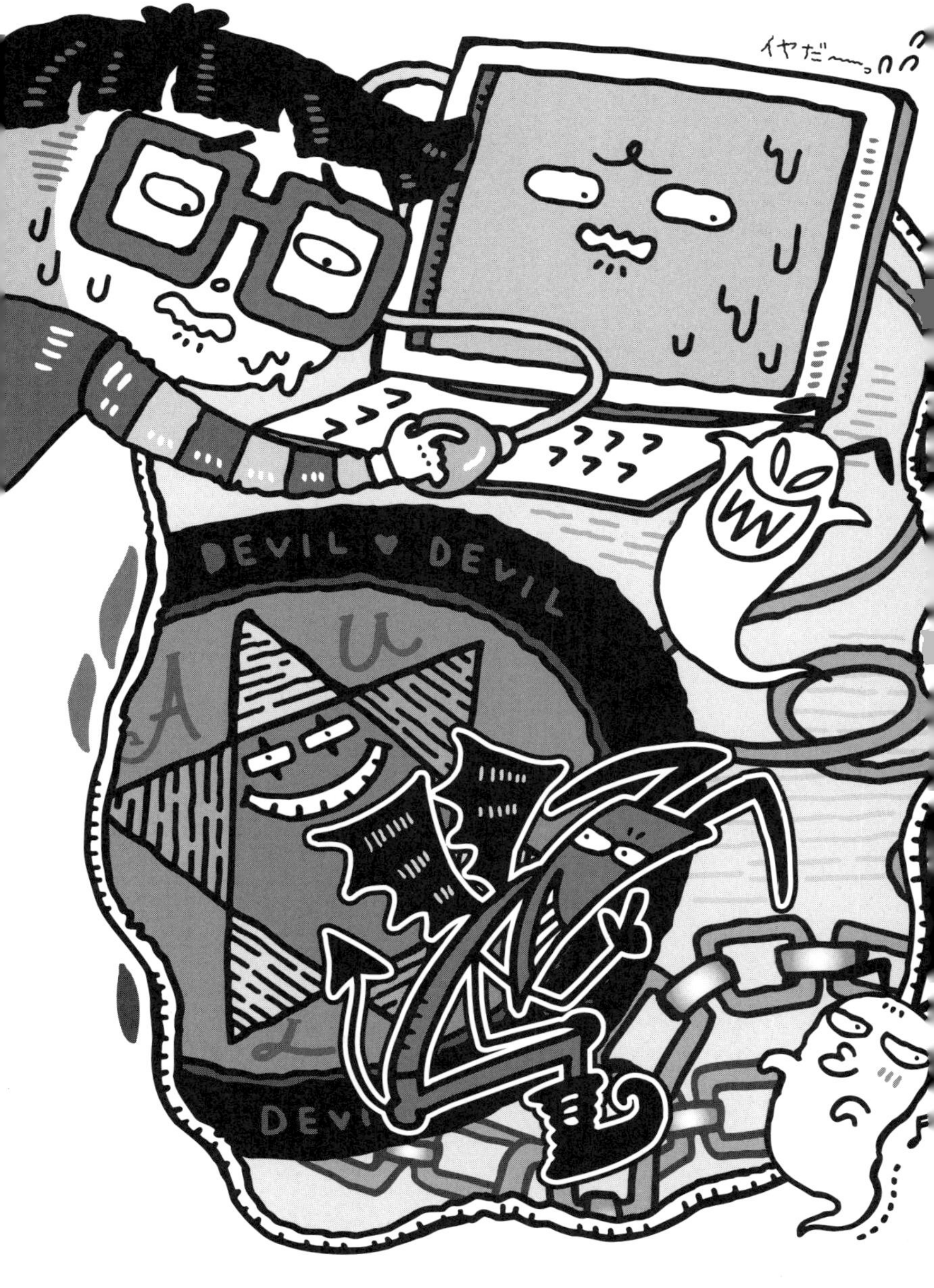
イヤだ〜〜っ
DEVIL ♥ DEVIL
DEVI

つめたきんちょうの糸がプツンと切れたように、その場に座《すわ》りこむ母。

「お、お兄ちゃん。今の、夢《ゆめ》じゃないよね」

「ああ、たぶんね」

「どうして、退治《たいじ》できたの？　どうやってやっつけたの？」

理菜《りな》の疑問《ぎもん》は無理《むり》もない。その質問《しつもん》に、直樹《なおき》は得意《とくい》そうに答えた。

「パソコンのゲームの中に、同じようなストーリーのものがあるんだ。それのこうりゃく法《ほう》と同じ事《こと》をやったら、ああなったってわけ」

ということは、あの悪魔《あくま》や〝虫たち〟は、パソコンの中に住《す》んでいる？　ひょっとしたら、きみの家のパソコンにも……。

お友だちになって……

一番星《ばんぼし》が出た。

「じゃあ、また明日ね」

わたしは、仲《なか》よしの友だちと四号公園《ごうこうえん》で別《わか》れた。帰りかけたわたしの目に、ひとりでブランコをこいでいる女の子が飛《と》びこんできた。まだ一年生ぐらいの、小さな子だ。白いブラウスに黄色《きいろ》いスカートが、かわいらしい。

「あなた、ひとり？」

　こっくりとうなずく。

「もうおそいわよ。早く帰りなさい」

「……ひとりで帰るの、さみしい……」

　その子は、か細い声でポツリと言った。

「こまったわね。しかたないわ。おねえちゃんが送《おく》っていってあげる。おうちはどこなの？」

　するとその子は、いきなり笑顔《えがお》になって、わたしの手をにぎってきた。

「あっち」

　わたしは、その子の指《ゆび》さす方へ、ゆっくりと歩いた。

ヒュ〜ッ……
お友だちでしょ〜
あんたは・・・・

「あたし、亜佐美《あさみ》っていうの」

　その子、いや、亜佐美《あさみ》ちゃんは、わたしの顔を見上げるようにしている。花屋《はなや》の曲《ま》がり角まで来ると、亜佐美《あさみ》ちゃんは、パッと手を離《はな》した。

「ここまででいい。ねえ、おねえちゃん。あたしのお友だちになってくれる？　あたしには友だちがいないの」

　さみしそうな顔だったので、わたしは、「いいわよ」と返事《へんじ》をした。

「よかった。あたし、友だちはすごく大事《だいじ》にするからね。ずーっと友だちでいてね」

　それだけ言うと、亜佐美《あさみ》ちゃんはサッと角を曲《ま》がった。

「ふふっ、へんな子」

わたしも角を曲《ま》がる。けれどそこに、亜佐美《あさみ》ちゃんの姿《すがた》はなかった。

翌日《よくじつ》、わたしが学校への道を歩いていると、いつの間にか亜佐美《あさみ》ちゃんがとなりにいた。

「おはよう、おねえちゃん」

「お、おはようって、どこから来たのよ、亜佐美《あさみ》ちゃん」

亜佐美《あさみ》ちゃんは、アハハと笑《わら》うだけで何も答えない。何年何組？とたずねると、元気な声で「一年一組！」と答えた。

通りを渡《わた》ろうとしたら、信号《しんごう》がちょうど赤になった。ここの信号《しんごう》は、けっこう長いんだ。

「急《いそ》いでるんでしょ、おねえちゃん。あたしにまかせて」

　亜佐美《あさみ》ちゃんがそう言ったとたん、信号《しんごう》が青に変《か》わった。車が急《きゅう》ブレーキで止まる。

「えっ、ど、どうなっちゃってるの？」

　わたしには、わけがわからなかった。

　校門のところまで来ると、亜佐美《あさみ》ちゃんは一年生のしょうこう口へ走っていった。ちょっぴりホッとしたわたし。

　前に担任《たんにん》だった川野《かわの》先生が、今は一年生の先生をしている。わたしは、川野《かわの》先生に亜佐美《あさみ》ちゃんのことを聞いてみた。しかし、そんな子は、いないという。

（それじゃ、あの子はいったい……）

下校のとき、亜佐美《あさみ》ちゃんが待《ま》っていた。ずっと校門のわきで、わたしのことを。

「亜佐美《あさみ》ちゃん、あなたどこの学校の子なの？　ここの学校じゃないでしょ！」

でもだめ。亜佐美《あさみ》ちゃんは、何も答えてくれない。その時、わたしの横《よこ》を一台の自転車《じてんしゃ》が、すごいいきおいでかすめて通った。

「あぶないなあ、もう。だいたい、自転車《じてんしゃ》が歩道を走ったりしちゃ……」

そこでわたしは、「あっ」と声を上げた。その自転車《じてんしゃ》のタイヤがいきなりはずれて、乗《の》っていた男の人が地面《じめん》に頭からつんのめった。男の人

は、たおれたまま、ピクリとも動《うご》かない。やがて、サイレンの音がして、救急車《きゅうきゅうしゃ》がやってきた。すると、亜佐美《あさみ》ちゃんが、ニコニコしながら言った。

「これでいい？　おねえちゃん」

　わたしのせすじに、ゾッとしたものがはいあがった。

　そんなとき、おとうさんの仕事《しごと》でわたしの家は、引《ひ》っ越《こ》しをすることになった。新幹線《しんかんせん》で二時間もかかる、遠い土地に。本当なら友だちと別《わか》れるのはいやなはず。だけど、今のわたしは、亜佐美《あさみ》ちゃんからはなれられるホッとした気持《きも》ちの方が、大きかった。

「近くに山がたくさん見えるんだね」

新幹線《しんかんせん》の窓《まど》から見える景色《けしき》が、遠くまで来たことを教えてくれる。

「さあ、ここが新しいおうちよ」

おかあさんが、一軒《いっけん》の白い家を指《ゆび》さした。

「ふーん、けっこうきれいなおうちだね」
そう言ったわたしのくちびるが、次《つぎ》のしゅんかん、サッとこおりついた。
【待《ま》ってたよ、おねえちゃん。あたしたち、『ずーっと友だち』だもんね】
重《おも》いバッグが、わたしの手からドスンと落《お》ちた。

うごめく白い手

久《ひさ》しぶりの家族旅行《かぞくりょこう》だ。

「わあっ、こんなきれいなホテルに泊《と》まれるの？　うれしい！」

わたしは、ロビーのシャンデリアを見あげて、つい大声を上げてしまった。

「やめてよ、真央《まお》。そんなにはしゃがないで、みっともない」

お姉ちゃんが、わたしの頭をコンと軽《かる》くこづいた。それを見て、おと

うさんもおかあさんも笑《わら》ってる。部屋《へや》もなかなかのもの。窓《まど》から見える景色《けしき》もいいし、なによりまっ白なかべが、おしゃれな感《かん》じだ。そんな部屋《へや》にうっとりしたり、ホテルの中を歩き回ったり。とにかくわたしはうれしくてたまらない。

「真央《まお》ったら、落《お》ち着《つ》かないわねえ。そろそろおふろに行きましょう。そのあとはおいしいばんごはんよ」

おかあさんだって、うきうきしている感《かん》じ。わたしたちは、タオルと着替《きが》えを持《も》って、おふろに行った。このおふろも広くてとってもきれい。露天《ろてん》ぶろも気持《きも》ちよかったし、ブクブクあわの出るジャグジーも楽しい。サウナはあまり好《す》きじゃないけど、せっかくだから、がまんして入った。

「ふうーっ、熱《あつ》かった。でも、さっぱりして気持《きも》ちいいなあ」

わたしはドライヤーで髪《かみ》をかわかしながら、ひとりごとを言った。

夕食が、これまたごうせい。おさしみなんかもう最高《さいこう》！　いつもはむずかしい顔のおとうさんも、今日はごきげんでビールを飲《の》んでる。

「あー、おいしかった。もう、おなかいっぱい」

わたしは、ゆかたの上から、おなかをポンポンとたたいた。すると、いっぱいきげんのおとうさんが、こんなことを言い出した。

「みんなで外に出てみようや。ここの温泉街《おんせんがい》は夜おそくまでにぎやからしい。部屋《へや》でテレビを観《み》てたって、おもしろくないだろう」

この提案《ていあん》に、みんな大さんせい。したくをして、ロビーにおりた。

「ちょっと外へ出てきますから」

「いってらっしゃいませ。ただし、当ホテルは門限《もんげん》が十時となっております。決《けっ》しておくれませんよう。一分でもおくれますと、お客様《きゃくさま》に大変《たいへん》なごめいわくがかかることになりますので」

どういうことだろう。……そのホテルマンのおじさんは、わたしたちの方をチラリとも見ずに、深《ふか》くおじぎをした。外の空気は、少しムッとした感《かん》じがした。

「ずいぶん門限《もんげん》がきびしいホテルね。『一分でもおくれちゃだめ』なんて」

おかあさんはそう言って、ちょっと首をかしげた。

けれど温泉街《おんせんがい》は、おとうさんの言った通り、明るくて楽しいところだった。おみやげ屋《や》さんもたくさんならんでいるし、かわいいビーズのお店もあった。

「ここなあに？　ゲームセンターって書いてあるけど、なんかへんだよ」

「あっ、スマートボールだ。なつかしいな。おっ、射的《しゃてき》もあるぞ」

わたしのやったことのないゲームばかり。でも、本やテレビでは何回か見たことがある。

「真央《まお》、これやってみないか？」

おとうさんにそう言われて、わたしは射的《しゃてき》をやってみた。

「おじょうちゃん、うまいねえ。大当たりだ」

大きなこけしを取《と》った。続《つづ》いて、かわいい手鏡《てかがみ》。次《つぎ》にラメの入ったブレスレット。なぜか、わたしのほしいものばかり取《と》れる。

「まいったなあ。いいもの、みんなおじょうちゃんに取《と》られちゃうよ」

ゲームセンターのおじさんが、笑《わら》いながら言った。

「真央《まお》、そろそろ帰りましょう。もうすぐ門限《もんげん》よ」

おかあさんはそう言ったけど、わたしはまだ帰りたくなかった。だって、いくらでもほしいものが取《と》れるんだもの。

「ねえ、お姉ちゃん。今度《こんど》は……」
ふり向《む》くと、だれもいなかった。お姉ちゃんも、おかあさんも、おとうさんも。
「はい、おじょうちゃん。うちはもう店じまいだ。早く帰りな」

ぶっきらぼうに言うと、おじさんはシャッターをおろし始《はじ》めた。

(みんな、ひどいなあ。わたしを置《お》いて帰っちゃうなんて)

でも、ホテルは目の前だ。わたしは走って、ホテルへもどった。

ホテルへもどると、明かりがすっかり消《き》えている。ドアの前に立った。

開《あ》かない! 自動《じどう》ドアが開《あ》かない。わたしは、両手《りょうて》のこぶしで、ぶあついガラスのドアを、ドンドンとたたいた。それでも開《あ》かない。どうやってもドアは開《あ》かなかった。

「えっ、な、なに?」

わたしは、両方《りょうほう》の足首にヒヤッと冷《つめ》たいものを感《かん》じて、地面《じめん》を見た。

「キャアアアーッ!」

わたしの悲鳴《ひめい》が、あたりにひびいた。暗《くら》い地面《じめん》から何本もの白い手がのびて、わたしの足首をつかんでいるのだ。その回りにも何本もの白い手がうねうねとうごめいていた。

「なにこれ、助《たす》けて、だれか助《たす》けて〜！」

顔をあげると、ガラスの向《む》こうに、家族《かぞく》みんなの顔があった。悲《かな》しそうにじっとわたしを見ている。

「おとうさん、助《たす》けて。おかあさん、お姉ちゃん、助《たす》けて！　どうして、どうしてみんな、だまったままなのよ！」

気がつくと、あのホテルマンのおじさんが立っている。そして、ロビーの大時計を指《ゆび》さした。針《はり》が十時四分をさしていた。

じかんげんしゅでおねがいします〜〜っ

のろわれたケータイ

「ねえ、買ってよ、ケータイ。由香《ゆか》だって、千帆《ちほ》だって持《も》ってるんだよ」

「人は人でしょ。四年生にケータイなんて、まだ必要《ひつよう》ないわよ」

　姉のなつみも母の味方《みかた》だ。

「そうよ。あたしだって、今年六年生になって、やっと買ってもらったんだからね」

「ふんだ。お姉ちゃんなんか、大きらい！」

この日二人は、別々《べつべつ》に登校《とうこう》した。

その日、さやかが家に帰ると、だれもいなかった。そのときふと、テーブルの上に見なれないケータイを見つけた。パールホワイトの新品《しんぴん》だ。

「あれ、これだれのケータイだろう。……あっ、そうか。おかあさん、この前『そろそろケータイ、変《か》えようかしら』なんて言ってたっけ。ふーん、これにしたのかあ」

ここで、さやかのいたずら心が、ちらっと顔をのぞかせた。

「ちょっとくらい、いいよね。うーん、だれに電話しようかな。……あっ、そうだ」

さやかは、友だちのエリカに、このケータイから電話をしてみることにした。

「あ、もしもし、エリカちゃんのおたくですか？」

【……電話してくれて、ありがとう】

いっしゅん、せすじがゾクッとした。聞いたことのない声。小さな女の子の声……。

「あ、あの……。エリカちゃん、いますか？」

しかし、電話の声は、それには答えなかった。

【あたしと友だちになってね。今夜、遊《あそ》びにいくからね】

そこで電話が切れた。かすれるような、すすり泣《な》くようなような、そんなか

細い声だった。

送信《そうしん》りれきを調《しら》べてみる。まちがいなく、エリカの家の番号《ばんごう》だ。かけちがいではない。

そのとき、家の電話が鳴った。おかあさんからだった。

「お姉ちゃんが、ブラスバンドの練習中《れんしゅうちゅう》にたおれたって、先生かられんらくがあったの。今、病院《びょういん》よ。ちょっとおそくなるかもしれないから、るすばんお願《ねが》いね」

声が少し、ふるえていた。時刻《じこく》は、五時二十分。そして時間だけが過《す》ぎていく。

（お姉ちゃん、だいじょうぶなのかしら。おとうさんは、今日もおそい

のかな）

時計の針《はり》が、八時を少し回ったころのことだった。とつぜん玄関《げんかん》のチャイムが鳴った。

「はい、どなたですか？」

返事《へんじ》がない。シーンと静《しず》まりかえったままだ。

と、そのとき、玄関《げんかん》のドアノブが、ガチャガチャと音をたて始《はじ》めた。

思わず、後ずさりするさやか。……やがて、音が止まった。ホッと胸《むね》をなで下ろす。けれど次《つぎ》のしゅんかん、今度《こんど》は居間《いま》の窓《まど》ガラスが、ガタガタと大きな音を立てて鳴り出した。体がこおりついたように動《うご》かない。

さやかの顔から、スーッと血《ち》の気が引いた。と、突然《とつぜん》、ケータイから声

が聞こえてきた。さっき確《たし》かに電源《でんげん》を切ったはずの、あのパールホワイトのケータイから……。

【中に入れてよ〜。遊《あそ》びにきたんだよ〜】

あの声だった。あまえるような、ねばつくような、小さな女の子の声……。さやかの体は、恐怖《きょうふ》でガクガクと震《ふる》える。と、いきなりてんじょうの一部《いちぶ》がガタッとはずれた。そして、それがズズッとずれていく。まるで、マンホールのフタを、内側《うちがわ》から開《あ》けていくように。そして二十センチほど開《あ》いたところ、そのすき間から、細く、まっ白な手がゆっくりとのびてきた。

「キャアアアアーッ！」

さやかの悲鳴《ひめい》が、家中にひびいた。よろけるように、キッチンに逃《に》げこむ。すると、今度《こんど》はキッチンの床下収納《ゆかしたしゅうのう》のフタが、ガタッとはずれ、ここからも白い手がニューッとのびてきた。もうさやかは、声も出ない。歯《は》だけが、どうしようもないほどにガチガチと鳴る。キッチンを通って逃《に》げ込《こ》める場所《ばしょ》は……。（おふろ場《ば》だ！）

浴室《よくしつ》のドアを開《あ》け、いきおいよく中へ飛《と》びこんだ。すると、さやかの耳にぶきみな音が低《ひく》くひびいてきた。《ゴボゴボ……》。音のする方を見ると、ふろの水がみるみるへっていく。

「やめて、もうやめてえ。おかあさん、帰ってきて！」

浴《よく》そうから水が流《なが》れ落《お》ちると、今度は細く、長い髪《かみ》の毛が、へびのよ

うに排水溝《はいすいこう》からはい上がってきた。さやかは再《ふた》び居間《いま》に逃《に》げこんだ。と、そのとき、またもケータイが鳴った。さっきとは着信音《ちゃくしんおん》が違《ちが》う。それは、サイドボードの上にあった。赤いケータイ……。

「お姉ちゃんのケータイだ！」

急《いそ》いでそのケータイを開《ひら》く。聞きおぼえのある、なつみの声が聞こえてきた。

「さやか、落《お》ち着《つ》いて。その白いケータイに向《む》かって、ゆっくり言うの。『みんなあなたの友だち。だから、安心《あんしん》して帰っていいのよ』って。いい？　さあ、早く！」

てんじょうから下がっていた手はいつの間にか一本になり、長い髪《かみ》の毛もダラリとたれ下がっている。このままでは、もうすぐ〝あの女の子〟は、居間《いま》におりてくるだろう。

「み、みんなあなたのお友だちよ。だ、だから、安心して帰ってちょうだい」

小さな声だった。それでもさやかのその言葉《ことば》に、手の動《うご》きがぴたりと止まる。

(うまくいくかも……。よしっ、もう一度《いちど》!)

「みんなあなたのお友だち。だから、安心《あんしん》して、帰っていいのよ」

今度《こんど》は大きな声が出た。すると、いっしゅん、ためらったような動《うご》きをしたその手は、やがてゆっくりとてんじょう裏《うら》へ上がっていった。キ

ッチンへ行く。そこの手もまた、向《む》こう側《がわ》から引っ張《ぱ》られてでもいるように、スルスルともとの場所《ばしょ》へもどった。浴室《よくしつ》の髪《かみ》の毛も同じだった。

(ああ、もうだいじょうぶだ。ありがとう、お姉ちゃん……)

さやかは、全身《ぜんしん》の力がすっかりぬけて、ぐったりとその場にしゃがみこんだ。

「ただいまぁ!」

いきなり、元気な声が玄関《げんかん》から飛《と》びこんできた。なつみだった。母もいっしょだ。その声を聞き、姿《すがた》を見ると、さやかの目からドッと涙《なみだ》があふれた。

あとで聞いた話によると、なつみは食あたりで腹痛《ふくつう》を起《お》こしただけだった。ただ不思議《ふしぎ》なのは、なつみがケータイを通して、さやかに話しかけたことなどないということ。それに、二人が帰ってきたときには、あのパールホワイトのケータイが、どこにもなくなっていたこと。そしてなによりわからないのは、〝あの女の子〟がいったいだれで、どうして、さやかの家にやってきたのかということだった。それは今でもずっとナゾのままなのだ。

ろう下を歩く人体《じんたい》模型《もけい》

チャイムが鳴った。そうじの時間だ。

「こうちゃん、うちの班《はん》、今週《こんしゅう》から理科室《りかしつ》そうじだったよな」

ぼくは、理科室《りかしつ》そうじが好《す》きだ。いや、正確《せいかく》には、「他《ほか》の場所《ばしょ》より好《す》き」だ。もともとそうじは好《す》きじゃない。でも、理科室《りかしつ》なら先生もめったに見回りに来ないし、おもしろいものがたくさんあるから、いやじゃない。

「ぼくとこうちゃん、準備室《じゅんびしつ》ね」

「ずるいよ、としくん。この前もそうだったじゃない。今度《こんど》は交代《こうたい》だよ」

班長《はんちょう》の真奈美《まなみ》が口をとがらせて、そう言った。

「準備室《じゅんびしつ》の方がごちゃごちゃしてて大変《たいへん》なんだぞ。まあ、ここはまかせとけって」

ぼくはこうちゃんといっしょに、準備室《じゅんびしつ》へ入って、中からかぎをしめた。

「へへっ、うまくいったな。……おっ、天体望遠鏡《てんたいぼうえんきょう》の大きいのがあるぞ」

この前の時にはなかった。新しく買ったんだな。これって、星《ほし》だけじゃなくて、遠くのけしきも見えるんだ。ただし、さかさまにうつるんだ

けどね。

「三きゃくも新しくしたんだな。ちょっと外、見てみようぜ。よいしょっと」

ぼくは、天体望遠鏡《てんたいぼうえんきょう》を三きゃくごと、外に向《む》けようとした。と、そのとき、ガツンと音がして、ぼくのうでに軽《かる》いショックがあった。

「あっ、いけね」

うっかり三きゃくを、横《よこ》にあった人体模型《じんたいもけい》にぶつけてしまったんだ。

「あーあ、ゆうくん。人体模型《じんたいもけい》の左うで、取《と》れちゃったよ。どうする?」

「ないしょ、ないしょ。こうやって下に置《お》いておけば、だれがやったかなんて、わかりっこないし」

こっちきてぇ〜〜〜っ

　こうちゃんは、ちょっと不安《ふあん》そうな顔になったけど、ぼくはちっとも気にならなかった。なあに、何か聞かれたら、最初《さいしょ》から取《と》れてたことにしておけばいいんだ。

　間もなくそうじが終《お》わって、五時間目、帰りの会と進《すす》み、すぐに下校になった。

　ぼくは急《いそ》いで家に帰り、サッカーボールを持《も》って飛《と》び出した。こうちゃんたちと、四号公園《こうえん》で遊《あそ》ぶんだ。

「へーイ、こっちパスパス！」

　サッカーは楽しい。あっという間に時間が過《す》ぎていく。青い空にオレンジ色の雲がうかび始《はじ》めると、楽しい遊《あそ》びも終《お》わりだ。

「じゃあな、ゆうくん。また明日。あーあ、今日は図工の宿題《しゅくだい》、やらなくちゃ」

　こうちゃんのそのことばに、ぼくは「しまった」と、心の中でさけんだ。宿題《しゅくだい》の絵《え》を、教室のロッカーに入れたままだった。絵《え》の具《ぐ》もいっしょに置《お》いてきた。どうしても明日までにやらなくちゃならない宿題《しゅくだい》だ。

「じ、じゃあな。また明日」

　ぼくは曲《ま》がり角《かど》まで走ると、家には帰らず、学校への道を急《いそ》いだ。

「先生たち、まだだれかいるといいけどな」

　学校に着《つ》くと、職員室《しょくいんしつ》の電気がついていた。ぼくはホッとむねをなでおろし、先生に見つからないように、教室へ向《む》かった。先生に気づかれると、「わすれものか」とか「家には帰ったのか」とか、いろいろ聞かれてめんどうくさいんだ。

三階《かい》までかけあがり、四年二組の教室をめざす。

「ふうっ、つかれた～」

サッカーで走っているときより、ずっと疲《つか》れる。夕焼《ゆうや》け色にそまった教室の中は、シーンと静《しず》まりかえっていた。念《ねん》のために、ドアはしめておく。
「えーっと、宿題《しゅくだい》の絵は……。あったあった」
左手に丸めたかきかけの絵と絵の具《ぐ》を持《も》って、ぼくはろう下へ出ようとした。

「ん？　何だ、この音」

　コツコツと、かたい音が遠くの方から近づいてくる。何かがろう下を歩いてくる音だ。

「先生だろうか。それにしちゃ、足音がへんだな」

　そう思いながら、ぼくは教卓《きょうたく》のかげにそっとかくれた。足音はどんどん近づいてくる。そして、教室の前でピタッと止まった。ドアがスルスルと開《ひら》いていく。ぼくののどが、ゴクッと鳴った。

「うわっ、ま、まさか」

　ぼくは、信《しん》じられないものを見た。教室に入ってきたのは、あの〝人《じん》体《たい》模型《もけい》〟だった。

その人体模型《じんたいもけい》は、ゆっくりとぼくの方へ近《ちか》づいてくる。ぼくはたまらず、教卓《きょうたく》のかげから飛《と》び出した。

「あ、あっち行け。あっち行けえ！」

ふしりぼるようなぼくのさけびの向《む》こうで、その人体模型《じんたいもけい》はかすれた声でこう言った。

【うでを……、うでを直《なお》してください……】

見ると、右手にぼくがこわした左うでを持《も》っている。

「うわわわっ、あっち行けったら!」

ぼくは思いきり、足をふり上げ、けとばした。ガシャーンと音がして、人体模型《じんたいもけい》がたおれる。そのしゅんかん、ぼくの左うでをはげしい痛《いた》みがおそった。そして人体模型《じんたいもけい》は、たおれたままの姿《すがた》でこう言った。

【お前のうでも、こわしてやる……】

死者《ししゃ》のさまようトンネル

ぼくとおとうさんは、道に迷《まよ》ってしまった。

「おかしいなあ、このナビ。画面《がめん》がまっ暗《くら》になっちゃったよ」

おばあちゃんのお墓参《はかまい》りからの帰り道。おかあさんは、熱《ねつ》を出した妹のかんびょうで、いっしょには来られなかった。だから、ぼくとおとうさんの二人だけで来たんだ。

「だいじょうぶ？　ちゃんと帰れる？」

ぼくは不安《ふあん》になった。だって、どんどんまっ暗《くら》な山道に入っていくんだもの。おまけにさっきふり出した雨が強くなってきた。おとうさんが、チッと舌《した》うちをする。

「ひどい雨になったな。このまま走るのはあぶないぞ」

道は上り坂《さか》。雨水がいきおいよく、車に向かって流《なが》れ落《お》ちてくる。その時、わき道をちょっと入ったところ

に、半円形のアーチが見えた。

「しめた。トンネルだ。ちょっとあそこへ入って、雨宿《あまやど》りしよう」

おとうさんはハンドルを切って、車をそのトンネルに向《む》けた。

「ふうっ、雨が小ぶりになるまでここで待《ま》とうか」

トンネルの中にはいると、車の屋根《やね》をはげしくたたいていた雨の音がパタッと消《き》えた。ぼくもホッとひと安心《あんしん》だ。それにしても、こんなところでナビがこしょうするなんて、ついてないなあ。ぼくはスナック菓子《かし》のふくろに手をのばす。おとうさんも、缶《かん》コーヒーを飲《の》んでひといきついている。

と、その時だ。ふたたび、はげしい雨が車の屋根《やね》をバシバシッとたた

いた。

「な、なんだ、どうしたんだ」

あわててヘッドライトをつける。雨が滝《たき》のようにふりそそいでいた。

「そんなばかな。ここはトンネルの中だぞ！」

おとうさんがそうつぶやくと、雨がパタッとやんだ。手にかいちゅう電灯《でんとう》を持《も》って、おとうさんがそっと車のドアをあける。ぼくは、そのおとうさんにしがみついて、いっしょに外へ出た。かいちゅう電灯《でんとう》の明かりに照《て》らされるトンネルのかべ。ゆっくりと明かりを移動《いどう》させたけど、どこにもぬれたところはない。地面《じめん》にもぬれたあとがないんだ。

「おとうさん、これってどういうこと？」

「わからない。だけどなんだか、いつまでもここにいちゃいけないような気《き》がする」

おとうさんとぼくは、急《いそ》いで車に乗《の》りこんだ。そして発進《はっしん》。

「どこへ通じているトンネルかはわからないけど、とにかく走ってみよう」

しんちょうに車を走らせる。照明《しょうめい》がひとつもない。まっ暗《くら》だ。ぼくは、じっと前を見《み》ながらゴクリとつばをのみこんだ。その時だ。

「うわわっ！」

おとうさんのさけび声とともに、車が大きくスピンした。

「う、うそだろう？　たしかに今、人が横切《よこぎ》ったぞ」

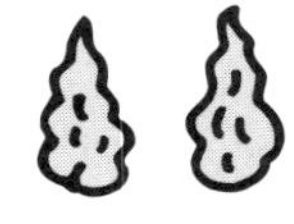

「ぼ、ぼくも見たよ。大きなぼうしをかぶった男の人だった」

そんなばかな。ここはトンネルの中だ。それも、入り口からずっとおくへ入った場所《ばしょ》なんだ。おとうさんは、車を急発進《きゅうはっしん》させた。一刻《いっこく》も早くここをぬけ出さなくては。

「長い。なんて長いトンネルなんだ」

つぎのしゅんかん、急《きゅう》ブレーキの音が暗《くら》いトンネルの中に鳴りひびいた。なんと、そこは行き止まりになっていたんだ。土のかべがトンネルをふさいでいる。

「ちくしょう。工事中《こうじちゅう》のトンネルだったのか」

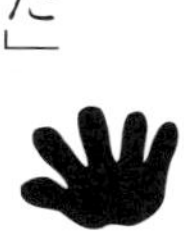

ぼくたちはしかたなく、引き返《かえ》すことにした。せまいトンネルの中で

何度《なんど》も切《き》り返《かえ》し、ようやく車の向《む》きを変《か》えることができた。車は来た道を引き返《かえ》し始《はじ》める。二、三分走ったころだろうか。車はもう一度《いちど》、急《きゅう》ブレーキの音をひびかせることとなった。

「な、なんで、こっちも行き止まりなんだ……」

三十メートルほど先にあったのは、トンネルをふさぐ、巨大《きょだい》なコンクリートのかべ。さっき通ってきたはずの道なのに。ぼくたちはトンネルの中にとじこめられてしまった。

とつぜん、フッとヘッドライトの明かりが消《き》え、あたりがまっ暗《くら》になった。手さぐりでかいちゅう電灯《でんとう》をさがす。ぼくの体は細かくふるえ、歯《は》がガチガチと音をたてた。

ようやく、かいちゅう電灯《でんとう》の明かりがついた。その明かりで目の前のかべを照《て》らす。すると、その明かりのおくに、こっちへ向《む》かってゆっくりと歩いてくる人かげが見えた。ぼくの全身《ぜんしん》がゾッとこおりつく。

《パッパーッ》

おとうさんが車のクラクションをはげしく鳴らすと、その人かげはすうっと消《き》えた。

「くっそう、いったい何なんだ、このトンネルは！」

おとうさんが、いきおいよくドアを開《あ》けて外へ出た。ぼくも飛《と》び出して、おとうさんにしがみつく。

「ねえ、早く出ようよ。早く、早く！」

「ああ、おとうさんもそうしたいよ。だけど、そううまくいくかな。ほら……」
そう言って、おとうさんが横のかべを照《て》らす。するとそこには、無数《むすう》の人間の顔がボウッと浮《う》かび上がり、くるしそうなうめき声をあげていた。
【ウウ〜。出してくれえ〜】

つぎのしゅんかん、またも雨がドッとふってきた。急《いそ》いで車の中へひなんする。

「もう、なるようになれ！」

おとうさんが、怒《いか》りを何かにぶつけるような声でそうどなる。ぼくはかたく目をつぶったまま、おとうさんのうでを、ギュッとつかんでいた。

いったいどれくらいの時間が過《す》ぎたのだろう。とつぜん雨の音がしなくなった。

「やんだのか……」

おとうさんとぼくは、そっとドアを開《あ》けて外へ出た。するとそこはト

ンネルの外だった。外灯《がいとう》の明かりがまぶしく輝《かがや》き、遠くにはまちのあかりが見える。

「出られたんだね、ぼくたち」

おとうさんはぼくの肩《かた》を抱《だ》いて、「ああ」とだけ言った。

まちへおりてから人に聞いてみると、そんなトンネルはこのあたりにないということだった。ぼくとおとうさんが入りこんだあのトンネルは、いったい何だったんだろう……。

閉《と》じこめられた亡霊《ぼうれい》

今年の夏は、とびきりなんだ。なんたって二週間《しゅうかん》、わたしだけが田舎《いなか》のおばあちゃんの家に、ずーっと泊《と》まっていいんだから。パパとママは、東京《とうきょう》を離《はな》れられないし、お兄ちゃんは中学の部活《ぶかつ》で合宿《がっしゅく》なの。だから、今年の夏はうんと羽《はね》を伸《の》ばして楽しく過《す》ごせるんだ。

「里奈《りな》ちゃんのことは心配《しんぱい》せんでええから。もう四年生なんじゃし。うんまい空気をたんとすって、元気もりもりになって帰ることじゃろうて」

おばあちゃんは、三年前におじいちゃんが死《し》んでから、ずっとひとりぐらし。住《す》みなれたこの山奥《やまおく》から、離《はな》れたくないんだって。

「じゃあ、よろしくお願《ねが》いしますよ。何かあったら、すぐに電話してくださいね」

ママは、わたしをここに送《おく》りに来ただけ。すぐに東京《とうきょう》へ帰っていった。

「あいかわらず、いそがしいおかあさんだねえ。もっと、ゆったり生きたらええのに」

そう言って、わたしの頭をすすっとなでた。わたしもそう思う。でも、インテリア・コーディネイターっていうママの仕事《しごと》は、今、大人気なんですって。

「さてと、ごはんのしたくをしようかね。里奈《りな》ちゃん、ちょっと待《ま》っておくれ」

おばあちゃんは、台所《だいどころ》へ行った。することのないわたしは、家から持《も》ってきた宿題《しゅくだい》のノートを確《たし》かめたり、庭《にわ》に出てみたりした。庭《にわ》の木にはたくさんの鳥が来る。おばあちゃんの家にいると、あきることがない。空の青さも、山の緑《みどり》の深《ふか》さも、何もかも大好《だいす》き。

山がオレンジ色にそまり始《はじ》めるころ、わたしは家の中に入った。ぷーんといいにおいがする。「もう少しじゃから」というおばあちゃんの声が、遠くの方から聞こえてきた。テレビもまだおもしろい番組をやっていないし、今日はまだ宿題《しゅくだい》をやる気になれないし。

わたしは、家の中を〝探検《たんけん》〟することにした。何回か来ている家だけど、こんなにゆったりしたのは初《はじ》めて。まだ、わたしの知らない部屋《へや》もある。

「ここはおじいちゃんの、おしごと部屋《へや》だったところね。えーと、こっちは……」

古いけれど、広い家だ。探検《たんけん》するところは、いくらでもある。

「あれっ、ここは何だろう。こんなドア、あったかなあ」

長いろう下のつきあたりに、こげ茶色《ちゃいろ》のとびらがあった。見ると、かすかに開《あ》いている。

「ちょっとのぞいてみようかな」

わたしは、そのとびらに手をかけた。

「何やっとるの！」

大声を上げて、おばあちゃんが走ってきた。

「いかんよ里奈《りな》ちゃん、かってなことしたら」

おばあちゃんが怒《おこ》ってる。こんなこと、初《はじ》めて。

「まあ、ええよ。けど、もう二度《にど》と開《あ》けたらあかんよ。ここだけは開《あ》けたらあかんのよ」

そう言って、おばあちゃんは、そのとびらにカギをかけた。

ばんごはんは、「にこみうどん」だった。野菜《やさい》や山菜《さんさい》がどっさり入った、おいしいうどん。こんなの、東京《とうきょう》じゃ、ぜったいに食べられない。

ごはんのあとは、テレビをみたり、おばあちゃんと楽しくおしゃべりをしてすごした。さっきのことなんて、まるっきりわすれちゃったみたいに。

この日はちょっと夜ふかしをしたので、ふとんに入ったのは、十時過《す》ぎだった。おばあちゃんとわたしは、客間《きゃくま》にふたつ、ふとんをならべてなかよく眠《ねむ》った。

なれないふとんのせいか、わたしはなかなかねつけなかった。おばあちゃんは、あっという間に寝《ね》てしまったけれど。

（こまったなあ、トイレに行きたくなっちゃった）

ここのトイレは、家の一番《いちばん》はじっこにある。長いろう下を歩いて行か

なくちゃたどりつけない。でも、朝まではとてもがまんできそうもないし……。

(こんなことで、おばあちゃんを起《お》こしたら笑《わら》われちゃうだろうな)

わたしはしかたなくふとんから起《お》きあがった。長くて暗《くら》いろう下をゆっくりと歩く。足もとが時々、ギシッギシッと音を立てた。明かりとりの窓《まど》から月の光がさしこんでいる。

「あれっ、まさか……」

さっきのとびらが開《あ》いている。いつの間にか、ろう下の突《つ》き当たりまで来ていたんだ。

(おかしいな、このとびらはさっき、おばあちゃんがカギをかけたはず

み——つけた——

なのに）

確《たし》かにカギをかけた。それをわたしは、はっきりと見ていた。

その時、わたしの胸《むね》の中に、ちょっとしたいたずら心が起《お》きた。

（あんなに〝見るな〟って言われたら、かえって見たくなるよね）

そうっと、とびらに手をかける。グググッとぶきみな音がして、わたしは思わず手をはなす。なのに、とびらは止まらない。

（と、とびらが、とびらがかってに開《あ》いていく！）

わたしは走って、ふとんへもどった。おばあちゃんは、ぐっすりと眠《ねむ》っている。わたしは、ふとんを頭からかぶって、ふるえていた。

（気のせいよ。とびらがひとりでに開《あ》いたりするわけないじゃない）

と、その時、私の耳にギシッギシッというかすかな音が伝《つた》わってきた。その音は少しずつ近づいてくる。そして、わたしの頭の上で、ピタッと止まった。おそるおそるふとんから頭を出して、顔をあげる。すると、しょうじの向《む》こうに、月の光にうかんだ人影《ひとかげ》がうつった。スルスルと、音もなくしょうじが開《あ》く。わたしののどが、ゴク

リと鳴った。

「里奈《りな》ちゃん、開《あ》けたんだね。あれほどだめだって言ったのに」

入ってきたのはおばあちゃんだった。

「お、おばあちゃん。何で？　ち、違《ちが》うよ、ひとりでに開《あ》いたの。わたし開《あ》けてない！……えっ、ちょっと待って。それじゃ、ここにねている人は？」

わたしが横《よこ》を見ると、すうっとふとんが持《も》ち上がった。そして、ゆっくりとわたしの方を向《む》く。

「キャーッ！」

わたしの悲鳴《ひめい》が、家中にひびきわたった。わたしの横《よこ》でねていたのは、やせ細った、血《ち》まみれの女の人だった……。

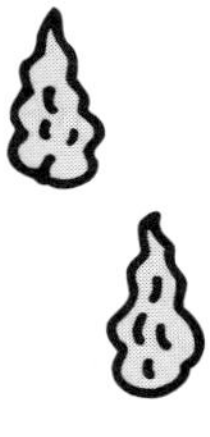

いかがでしたか？
世《よ》にも恐《おそ》ろしい放課後《ほうかご》の世界《せかい》は。
次《つぎ》にお会いできる日を楽しみにしていますよ。
ヒッヒッヒ……。

▲著者 山口　理（やまぐち　さとし）

東京都生まれ。教職の傍ら執筆活動を続け、のちに作家に専念。児童文学を中心に執筆するが、教員向けや一般向けの著書も多数。特に〝ホラーもの〟は、『呪いを招く一輪車』『すすり泣く黒髪』（岩崎書店）や、『5分間で読める・話せるこわ〜い話』（いかだ社）など、100編を超える作品を発表している。

▲絵 伊東ぢゅん子（いとう　ぢゅんこ）

東京都生まれ。現在浦安市在住。まちがいさがし、心理ゲームなどのイラスト・コラムマンガ等、子ども向けの本を手がけ、『なぞなぞ＆ゲーム王国』シリーズ、『大人にはないしょだよ』シリーズ、『恐竜の大常識』シリーズ（いずれもポプラ社）のキャラクター制作を担当。

編集▲内田直子
ブックデザイン▲渡辺美知子デザイン室

恐怖の放課後　死者のさまようトンネル

2006年7月11日　第1刷発行

著　者●山口 理©
発行人●新沼光太郎
発行所●株式会社いかだ社
〒102-0072 東京都千代田区飯田橋2-4-10 加島ビル
Tel. 03-3234-5365　Fax. 03-3234-5308
振替・00130-2-572993
印刷・製本　株式会社ミツワ

乱丁・落丁の場合はお取り換えいたします。

ISBN4-87051-194-0